K.B069875

원태연

시인, 작사가, 영화·뮤직비디오 감독, 원시인…
데뷔하자마자 연달아 밀리언셀러 시집을 내며
성과 연령을 넘어서 평범하게 공감을 얻는,
가장 비범한 재능을 선보였다.
이후 신승훈 〈나비효과〉 〈라디오를 켜봐요〉를 비롯해
유빈 〈사랑은 언제나 목마르다〉 현빈 〈그 남자〉 지아 〈술 한잔 해요〉
허각 〈나를 잊지 말아요〉 태연 〈쉿〉 등을 작사하고,
영화 〈슬픔보다 더 슬픈 이야기〉 뮤직비디오 〈바보에게 바보가〉
등을 연출했다.

강호면

일러스트레이터, 그래픽 디자이너, 애니메이터…
스스로 정한, 모든 곳에서 얽매이지 않고 활동 중.
인스타그램 homyeon_kang

넌 가끔가다
내 생각을 하지

난 가끔가다
딴 생각을 해

with 일러스트

원태연 글 ∣ 강호면 그림

자음과모음

차례

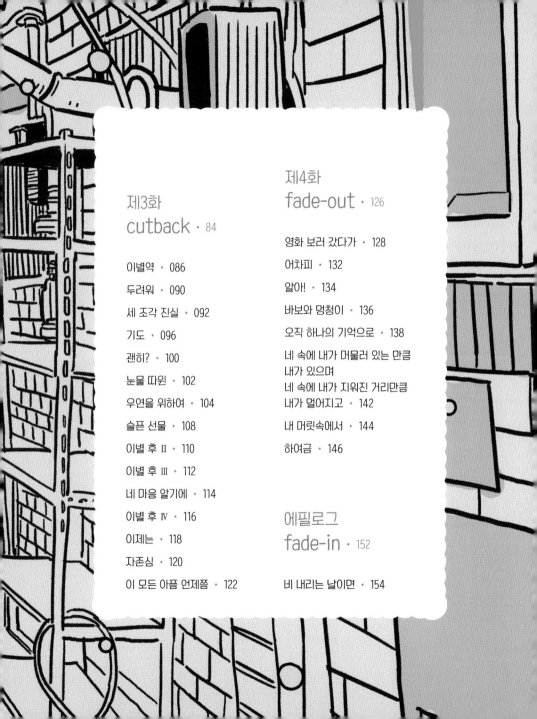

overlap 오버랩

그럼 안녕

어떤 글은 원망도 했을 거고
어떤 글은 잊었다고도 했을 거야
마음을 비우고 돌이켜보면
우리 둘 누가 먼저 이별을 말한 것도 아닌데
내가 너무 약해져 있을 때
틈이 생겼나 봐

그 틈이 오늘의 우릴 만들었고
널 영원히 기억하겠다는 말은 하지 않겠어
그 정도까지 내 사랑이 깊었는지도 모르겠고
다만 참 좋은 애였다고는 남겨 두고 싶어
널 처음 만난 날
그날의 나로 돌아왔나 봐
다시 무딘 놈으로 말이야

그런데도

잃어버리면 큰일 나는 걸 잃어버린 느낌이야

우리 다음 사랑이 찾아오면

지금 같은 실수는 하지 말자

우리 얘기는 이쯤에서 예쁜 추억으로 접어 두고

찾아올 사랑에게 충실할 수 있는

마음을 준비하자

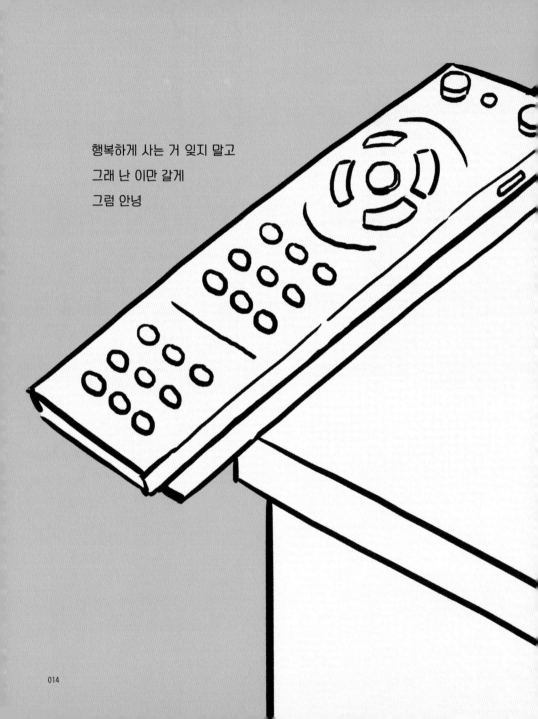

행복하게 사는 거 잊지 말고

그래 난 이만 갈게

그럼 안녕

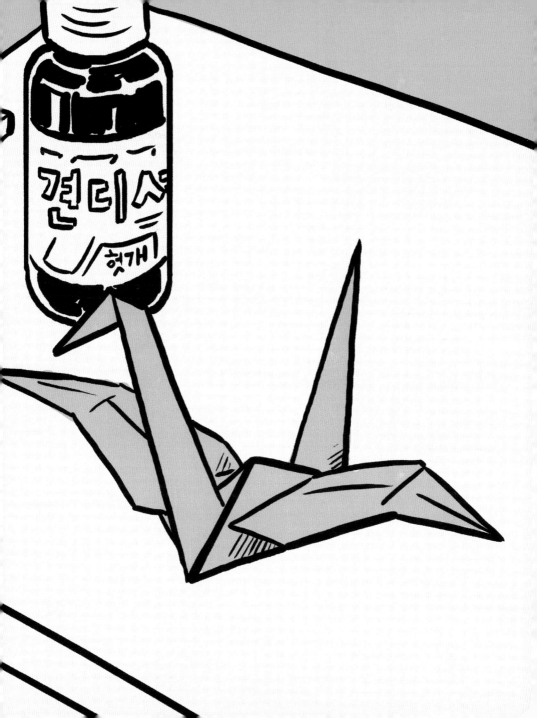

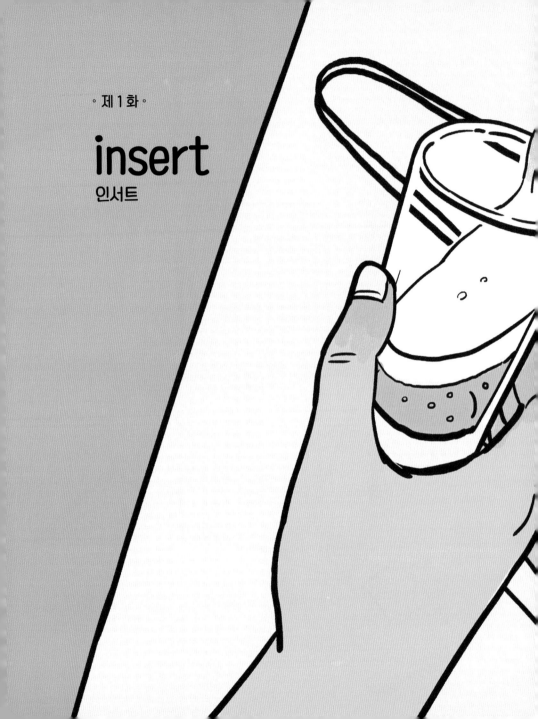

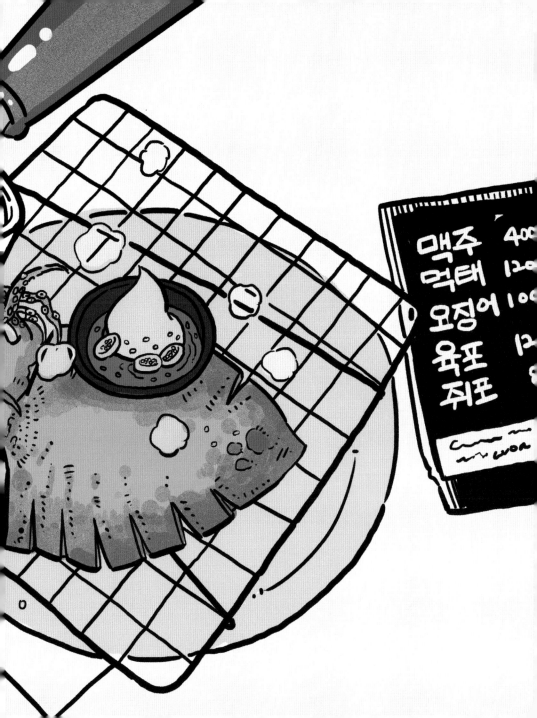

사랑 만나기

형두라는 놈이 있어요
그놈 생전 그런 일 없었는데
사랑 한번 만나더니
반 정신이 나갔어요

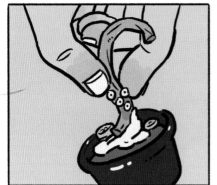

그 애 웃을 때 한쪽 보조개가 얼마나 예쁜지 알아
말끝마다 톡톡 쏘는 게 왜 이리 사랑스럽게 들리니
어제 전화에 대고 노래 불러 줬다

유치한 것 같으면서 보기는 좋더라고요
사랑의 감정이라는 게
정말 이상한 것 같지요
무뚝하고 재미없던 놈이었는데……
사랑 한번 만나면
나도 이럴까요?

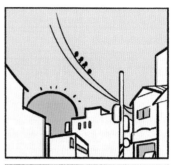

지루한 행복

초콜릿보다 달콤하고
과일보다 상큼하며
담배보다 끊기 힘들다는

사고는 싶은데
파는 곳을 알 수 없는
아! 사랑이여

하루에도 몇 번씩

하루에도 몇 번씩
전화를 하고 싶어
하루에도 몇 번씩
짜증을 내고 싶어
하루에도 몇 번씩
고백을 하고 싶어

하루에도 몇 번씩
사랑을 하고 싶어
하루에도 몇 번씩
너를 보고 싶어
넌 누구니?

만남의 느낌

여름밤의 소나기처럼 다가와
허락 없이 마음 한구석을 차지하고
남은 마음마저 넘보고 있는

그래 모두를 차지하여라

너 > 빈대떡

너를 알기 전에
비가 오는 날이면
빈대떡을 먹었지
할머니께서 만들어 주신
김치빈대떡은
비와 고독의 연관성을
부인하게 했었지

어제는 비가 와서
빈대떡을 먹었는데
도무지 맛이 없었어
할머니 성의를 생각해서
억지로 한 입 먹었지만
보고 싶은 마음은
빈대떡으로는
채워지질 않는다

밤의 그리움

밤새 말없이 가슴을 적시는
조용한 움직임
비처럼 스며들며
운명처럼 자리했던 그리움
욕심만큼 바라는
나만의 그리움이 아니기를
눈으로 시를 써
마음으로 읽어 준다

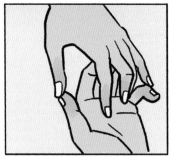

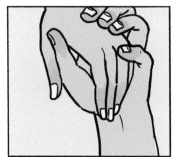

서로가 벽을 느끼고
사랑이 아닌
구속이라 생각될지 모르는 지금
조금은 아프더라도
가끔은 힘들더라도
다시없을 열정과 인내로
마지막 순간을
축복하자

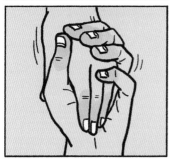

이제 너를 그리는

내 마음은

영원히

한 점에 머무른다

동전이 되기를

우리 보잘것없지만
동전이 되기를 기도하자
너는 앞면
나는 뒷면
한 면이라도 없어지면 버려지는
동전이 되기를 기도하자
마주 볼 수는 없어도
항상 같이하는
확인할 수는 없어도
영원히 함께하는
동전이 되기를 기도하자

욕심 = 사랑

너는 내 나비야
삶에 떨고 있는 내게
따스한 봄날을 알려 주려
멀리서 멀리서 날아온
너는

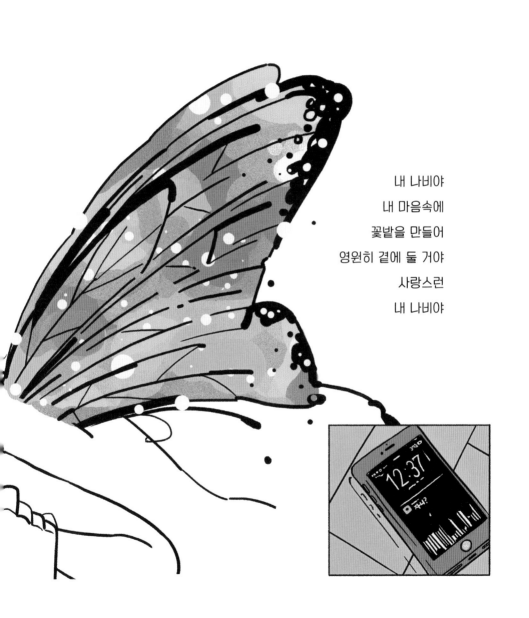

내 나비야
내 마음속에
꽃밭을 만들어
영원히 곁에 둘 거야
사랑스런
내 나비야

비까지 오다니

안 그래도 보고 싶어 죽겠는데
전화벨만 울려도
눈물이 날 것만 같은데

하나만 넘치도록

오직 하나의 이름만을
생각하게 하여 주십시오
햇님만을 사모하여
꽃피는 해바라기처럼
달님만을 사모하여
꽃피는 달맞이꽃처럼
피어 있게 하여 주십시오

새벽 종소리에 긴긴 여운
빈 가슴속에
넘치도록 채워 주십시오
하나만 넘치도록……

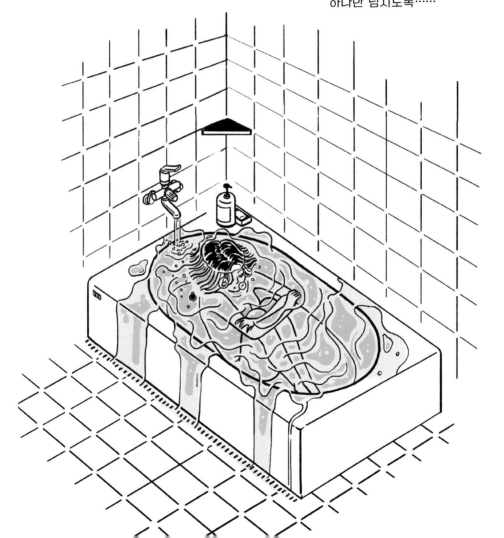

이러고 산다

화장실 들어가서 나올 때까지
밥숟가락 들면서 설거지할 때까지
아니다
눈 뜨는 순간부터 눈 감을 때까지
없던 일까지 만들어 상상하며

미친놈 소리 들어 가면서도
히죽히죽 웃으며……

영원역까지

사랑번 버스를 타고
영원역으로 가 보세요
행복이 기다리고 있어요
사랑이 늦는다고 짜증 내면
급한 마음 택시를 잡으면
영원역은 사라집니다
한 정거장 한 정거장
노선 따라
설렘과 기다림으로
영원역까지 가야 합니다

사랑번 버스를 타고
영원역으로 가 보세요
행복이 기다리고 있어요

난, 안돼요

그렇게 듣고 싶던 목소린데
막상 걸려 온 전화에는
수험생보다 더 긴장돼
기껏 한다는 말이
"웬일이야"
그리고 끊고 나선
또 안 오나 전화기만 뚫어지게

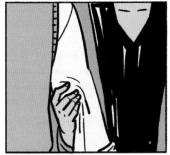

너무나 보고 싶던 얼굴인데

마주 앉은 자리에선

꾸중하는 교장선생님처럼

농담도 근엄하게

그리고 돌아서선

웃기려고 연습해 왔던 말 중얼중얼

멈춰 버린 사랑 시계

헤어짐의 갈림길에서
하루 먼저 잊고 마음 편하기보다는
하루 더 마음이 아프다 해도
눈물뿐인 시간을 보내는

바보로 남으리라

모른 척할 수 있게만

변함없는 너의 표정에서
노력하는 모습이 보였을 때
수화기를 내리기 전 안녕이
싸늘하게 들려왔을 때
모른 척해야 했어
말없이 행복했던 그때가 그리웠는데
십 분이 아쉬웠던 그때가 간절했는데
밤이면 혼자 울면서
웃으며 모른 척……

너를 원망하지 않아

그저 작은 욕심으로

큰 기다림을 달래며

언제까지라도

모른 척할 수 있게만……

이 마음 맞아요?

돌아보지 못할 것 같다
돌아보면
돌아갈 것만 같아
후회할 것만 같아
돌아보지 않는다

떠나는 순간부터

어떠한 이유를 붙여도

나 자신을 합리화시킬 수 없다는 걸 알아

차마 미안하다 말하지 못한 것은

한 번 사랑한다 말하지 못한 것은

너를 위한

내 마지막 양심이야

맘속 할 말

천 마디도 넘을 것 같은데

정작 한 마디도 못 하고 떠난다

아무리 그리워도

옛 추억은 돌아오지 않겠지

함부로 부르기조차 소중했던 그때는

나를 위해

미소 지어 주지 않겠지

먼 훗날

그래 먼 훗날 후회할 거야

그때 돌아볼 거야

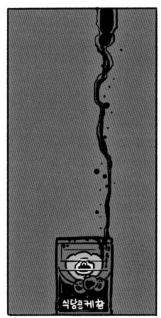

flashback
플래시백

서글픈 바람

누가 오기로 한 것도 아니면서
누굴 기다리는 사람처럼
삐그덕 문소리에
가슴이 덜컹 내려앉는다
누가 오기로 한 것도 아니면서
누굴 기다리는 사람처럼
두 잔의 차를 시켜 놓고
막연히 앞 잔을 쳐다본다

누가 오기로 한 것도 아니면서
누굴 기다리는 사람처럼
마음속 깊이 인사말을 준비하고
그 말을 반복한다

누가 오기로 한 것도 아니면서

누굴 기다리는 사람처럼

나서는 발길

초라한 망설임으로

추억만이 남아 있는

헤어지는 날에는

헤어지는 날에는
서로를 위해
만남 없이 전화로
굳이 만나야 한다면
어두운 찻집이나
가로등 없는 골목에서

다 아는데

그렇게 피하지 않아도

다 아는데

떠나려고 뒷모습을
준비하고 있는 걸
다 아는데

피하려 마음 상하지 않아도

이쯤이다 생각되면

돌아서려 했는데……

둘이 될 순 없어

둘에서 하날 빼면
하나일 텐데
너를 뺀 나는
하나일 수 없고
하나에다 하나를 더하면
둘이어야 하는데
너를 더한 나는
둘이 될 순 없잖아
언제나 하나여야 하는데

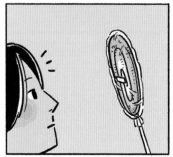

너를 보낸 후
내 자리를 찾지 못해
내 존재를 의식 못 해
시리게 느껴지던
한 마디 되새기면
그대로 하나일 수 없어
시간을 돌려 달라
기도하고 있어

둘에서 하날 빼면 하나일 순 있어도
너를 뺀 나는
하나일 수 없는 거야

그래도 고마워

볼 수는 있어도 만날 수는 없는

내 모습은 슬픔

만난다 한들 보여 줄 수 없는

내 마음은 눈물

떠나 버린 소매 끝을

잊으려

잊어도

잊을 수 없는

내 기억은 목마름

내 나이 스물하나에
이토록 순수한 눈물 준
너는
내 모두
머무르지 않아도
변치 못할……

산낙지

딱딱딱
낙지 다리가 잘린다
딱딱딱
낙지 머리가 잘린다
매운 마늘과
달콤한 초고추장에
질겅질겅 씹어 삼킨다

나를 떠난

네 이기심과 함께……

동부 이촌동 어느 일식집에서

동부이촌동 어느 일식집에서

너랑 나랑 네 친구랑

친구의 추억이 담겨진 곳이라며

부득부득 그곳으로

몇 잔인가 술을 먹고
그 사람이 옆에서
웃고 있는 것 같다며
친군 울었지

감히 내가 말했지

사랑시가 한 편 나오려면

몇 장이고 연습장이 찢어져야 한다고

사랑을 원한다면

마음 미어지는 것은 각오했어야 한다고

감히 내가……

우스워
내가 여기서 이렇게 울고 있을 줄이야
그 친구의 마음을 이해하게 되다니

초라한 이별

어제 내린 비는 만남의 비고
지금 내리는 비는 이별의 비
내일 내릴 비는 슬픔이
그 이름이겠군요

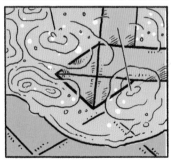

아무리 감정을 숨기려 해도
미어지는 마음 억제하려 해도
그래도 내리는 눈물은
내일 내릴 비의 슬픔을
알고나 있는 것일까요
이렇게 안녕일 줄 알았으면
어제 우산을 쓸 것을
차라리 서글픈 사랑은
느끼려 하지 말 것을

또 비가 내리면
문득 떠오르시겠지
그래서 더 슬픈 저는
당신 기억 속에서
비처럼 지워지겠지요

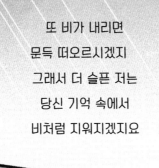

만들어 보기

아주 조금씩만 마음을 모아서
비 온 뒤
무지개가 뜨면
이슬처럼 맑은 물에
사랑배를 띄워
기도하는 마음으로 지켜보리라
사랑배가 도착하기 전에
그가 돌아서면
사랑새를 길들여
절실한 마음으로 날려 보내리라

그렇게 많은 시간이 흘러도
내 마음
그 마음이 알려 하지 않으면
쓸쓸한 마음
이별학을 고이 접어
그와 함께했던 시간 속으로
보내 주리라
아무것도 바라는 것 없이
기도하는 마음만으로

° 제 3 화 °

cutback
컷백

이별역

이번 정차할 역은
이별 이별역입니다
내리실 분은
잊으신 미련이 없는지
다시 한 번 확인하시고 내리십시오

만남역 ▶ 이별역 ▶ 사랑역

계속해서
사랑역으로 가실 분도
이번 역에서
기다림행 열차로 갈아타십시오

추억행 열차는
손님들의 편의를 위해
당분간 운행하지 않습니다

두려워

너를 예를 들어

남을 위로할 때가 올까 봐

나도 그런 적이 있었다고

담담하게 말하게 될까 봐

세 조각 진실

이제 떠나가시겠지만
마음 한 조각
떼어 두고 가세요
소중히 생각해 주셨던
그 한 조각만
돌아온단 다짐 대신
마음 한 조각 가져가세요
영원히 기억되기 바라는
작은 조각입니다

참으로 오랜 시간
기다렸던 사랑이기에
앞으로도 단 한 번
사랑일 것이기에
그 기억 한 조각
영원히 간직하며 살아갈 것 같습니다

헛된 사랑이 아니었기에
당신 그렇게 살아가고
저 이렇게 잊혀진다 해도
눈물 아닌
웃음으로 보내 드립니다
그래도 그래도
한 방울 눈물은

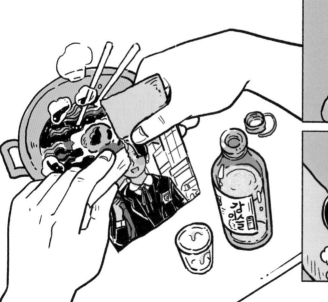

당신을 온 마음으로 사랑할 수 있는 저에게

그 마음 심어 주신 당신에게

그저

고마운 마음에……

기도

한 방울 두 방울
가을비는 떨어지고
기억 속에서도 너는
날 슬프게 하고
가슴은 치밀고
눈물은 고이고

모든 것을 잊자 하다가도
얼핏 스친 너의 얼굴
그 한 가닥의 끄나풀 때문에
아무의 동정이라도 받고 싶은

지금의 내가 불쌍해
내가 나를 위로하고
너와 함께했던
짧은 즐거움의 시간들은
한 방울 눈물이 되어
나를 더욱 슬퍼지게 하고

괜히?

재방송을 보면
괜히 눈물이 나와
특히
"너무 웃기지 않았니" 했던 프로가
방송국 사정으로
재방송될 때면……

그래 너무 웃기더라
그래서
울었어……
괜히

눈물 따윈

사랑할 순 없어도

그리워할 순 있잖아

그리워하다

그리워하다

시간이 잊어 주면

그때 잊으면 되는데

눈물 따윈

흘릴 필요 없잖아

우연을 위하여

여름밤 덥다고 이불 없이 자지 마
신호 바뀔 때는 꼭 좌우를 살피고
늦잠 자고 피곤하다고, 시간 없다고
끼니 거르지 말고
건강 조심해
아파서 병원 가야 하면
우리 집이 멀리 있으니까
그만큼 우연이 적어지잖니

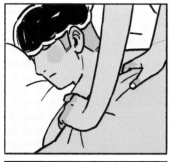

내가 슬퍼할 거란 생각으로
마음 아파하지 마
나 아닌 다른 사람과 함께여도
그 사람을 사랑한다 해도

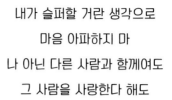

내가 아파 병원에 가게 되면
그만큼
우리의 우연도 아파할 테니까

슬픈 선물

시집을 선물하면 어떨까
아주 커다란 인형을 사 줘 볼까
아니면 장미꽃 한 다발을
그래! 넌 향수를 좋아했지

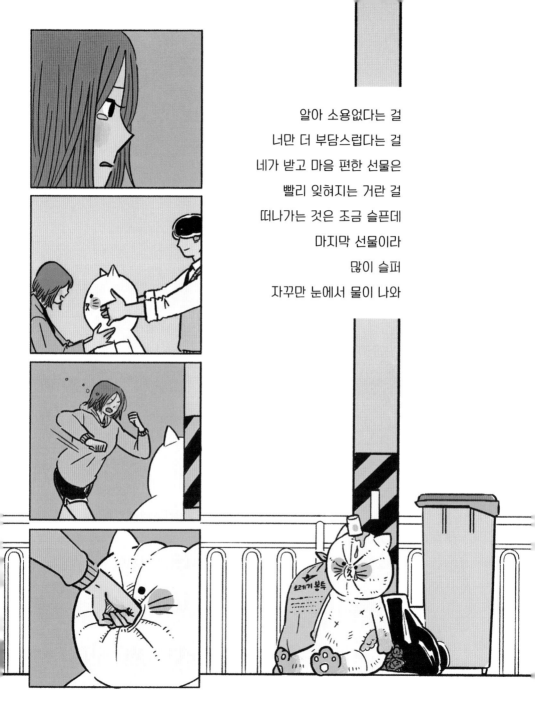

알아 소용없다는 걸
너만 더 부담스럽다는 걸
네가 받고 마음 편한 선물은
빨리 잊혀지는 거란 걸
떠나가는 것은 조금 슬픈데
마지막 선물이라
많이 슬퍼
자꾸만 눈에서 물이 나와

이별 후 Ⅱ

잠에서 깨어나면
어김없이 마음이 아파 옵니다
일부러 생각하는 것도 아닌데
스스로 썰렁해집니다
생각없이 지나쳤던
표정 하나 하나가
아침 해와 함께 떠올라
마음 한구석을 썰렁하게 합니다
스스로 썰렁해집니다

이별 후 Ⅲ

거울 앞의 모습이
멋지게 보일 때
만나기로 했던 친구가
「너 오늘 죽인다」 하면
화장실 거울 앞에서
표정을 연습하고
우연을 기대하는 것

그날은 하루 종일
두리번거리며
우연을 기대하고
긴장하며 보내는 날

네 마음 알기에

나를 위해 마지막 촛불을
그렇게 애처롭게 태우지 마
촛농뿐인 걸 아는데
심지가 다 타 버린 게 벌써 언젠데
차마 미안한 마음에
계속 태우려 힘들어 한다는 걸
바보가 아닌데 왜 모르겠니

모진 놈도 못 되는데 어찌 보고만 있겠니

이제는 쉬도록 해……

고마웠어

너무나

편안한 마음으로

이제…… 잊어

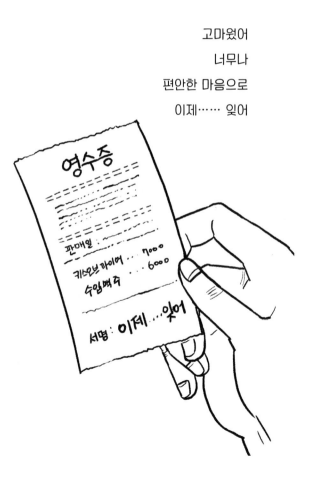

이별 후 Ⅳ

집도 있고
가족도 있고
친구도 있고
옷도 있는데
아무것도 없는 사람처럼
초라해져 간다
다 있고

이제는

기억은 나지 않습니다
언제였는지
어렴풋이 행복했다는 느낌밖에……

생각하고 싶지는 않습니다

무슨 이유였는지

마주했던 순간에는 사랑이라 믿었으니까

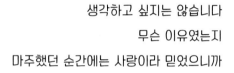

자존심

지금 생각해 보면
그까짓 자존심 아무것도 아닌데
그땐 뭐 그리 대단했던지
같이 식은 척
아무렇지도 않은 척했을까

요즘 마음속에서
자존심이 미련한테 혼나고 있어
니가 뭐 그리 잘났다고
날 이렇게 아프게 하냐고
너 땜에 내가 왜 아파야 하냐고
그래도 자존심은 암말 안 해
사과도 없이 듣기만 하고 있어
마지막 자존심을 위해선가 봐

이 모든 아픔 언제쯤

처음에는 서러웠어요

밤새 뒤척이며

서글픈 눈물 알아서 닦아야 했어요

조금 더 울다 외로워졌어요

어디를 가도 혼자라는 생각에

어떠한 만남이든 둘이 있으면 무작정 부러웠어요

그러고는 그리워졌어요

그 웃음이, 눈빛이, 표정이, 목소리가

사무치도록 그리웠어요

알고 싶지 않았어요

쓸쓸함만은

친구도 만나 보고 술도 마셔 보고 정신없이

얘기도 해 보고

그랬는데 봄바람처럼 피해지질 않아요

얼마나 더 아파야 웃으며 떠올릴 수 있을까요

얼마나 더 울어야 눈물이 마를까요

· 제 4 화 ·

fade-out
페이드아웃

영화 보러 갔다가

극장에 와서
담배를 태우고
신문을 보고
팝콘을 먹으며
영화가 시작되기를 기다리는데
언젠가 우리가 했던 농담이 생각이 나
그냥 나와 버렸다

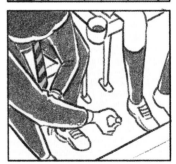

「극장 구경은 내가 시켜 줄게
영화 구경은 네가 시켜 줘」하자
귀엽게 웃다가 툭 치면서
「동전 던져서
앞면이 나오면 네가 진 거고
뒷면이 나오면 내가 이긴 거다
진 사람이 표 사기」

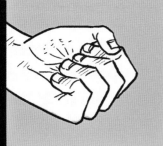

극장을 나와서
담배를 태우고
버스를 타고
집으로 왔다
알고 그런 건지 모르고 그런 건지
와 보니 너희 집이었다

어차피

봄에 가지그랬어
가을에 와서
봄에 가지그랬어
그랬으면
이 정도까지는……
따뜻한 날 같이 보내 주고
둘이어도 허전한 이 계절에
나보고 어쩌라고
봄에 갔으면 좋을 뻔했어

알아!

넌 가끔가다
내 생각을 하지!
난 가끔가다
딴 생각을 해

바보와 멍청이

우리가 서로에게 한참 빠져 있을 때
나는 널 멍청이라 불렀고 너는 날 바보라 불렀지
우리 딴에는 애정표현이었는데 이제 생각해 보니까
진짜로 바보와 멍청이였지 싶어

그토록 좋아했으면서
유치한 자존심을 내세우고
지독히도 사랑에 서툴러
서로가 어렵게만 생각했던
바보와 멍청이였지 싶어

오직 하나의 기억으로

오직 하나의 이름으로
간직하고 싶습니다
많은 괴로움이 자리하겠지만
그 괴로움이
나를 미치게 만들지라도
미치는 순간까지

오직 하나의 이름으로
간직하고 싶습니다
그 하나의
오직 하나의 이름으로
기억되고 싶습니다
두 번 다시 볼 수 없다 해도

추억은

떠나지 않는 그리움으로

그 마음에 뿌리 깊게 심어져

비가 와도

바람이 불어도

흔들림 없이

오직 하나의 이름으로

기억되고 싶습니다

네 속에 내가 머물러 있는 만큼
내가 있으며
네 속에 내가 지워진 거리만큼
내가 멀어지고…

지금 비처럼
비를 보면 아무 말 없듯
나 널 보면 별말은 없어도
할 말이 없는 건 아니라네
종이에 대고 말하는 것만큼은 있네
그저 부를 수 있는 이름 하나에
행복 하나를 받은 부자마음에
누르지 못하는 전화번호를 더듬고
오늘도 앉아 있네

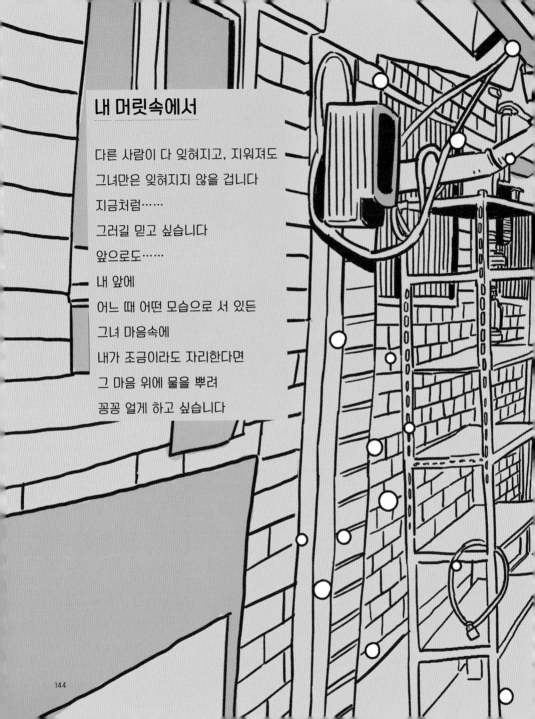

내 머릿속에서

다른 사람이 다 잊혀지고, 지워져도
그녀만은 잊혀지지 않을 겁니다
지금처럼……
그러길 믿고 싶습니다
앞으로도……
내 앞에
어느 때 어떤 모습으로 서 있든
그녀 마음속에
내가 조금이라도 자리한다면
그 마음 위에 물을 뿌려
꽁꽁 얼게 하고 싶습니다

하여금

너로 하여금

나는

바보가 되어 간다

나로 하여금

너는

너는 반복되는 필름이 되어 간다

비 내리는 날이면

비 내리는 날이면
그 비가 촉촉이 가슴을 적시는 날이면
이곳에 내가 있습니다
보고 싶다기보다는
혼자인 것에 익숙해지려고

비 내리는 날이면
그 비가
촉촉이 가슴을 적시는 날이면
이곳에서
눈물 없이 울고 있습니다

the end

그때가 언제였지

미안해, 그래서 더 고마워

그때가 아마 11월 어느 날이었을 거야
지하철을 타고 신촌역에서 내려 다시 마을버스를 타고
출판사까지 두어 정거장을 서서 가던 내가 가끔 참 그리워

파랑과 빨강 양면 패딩의 파란색을 입고
그날의 공기처럼 깨끗한 버스 창밖의 하늘을 바라보며
깨끗한 생각과 얼굴로 건물 5층까지 올라가서
깨끗한 설렘으로 처음 출판사의 문을 열었던 나는
깨끗한 느낌과 웃는 얼굴을 가진 깨끗한 스물한 살이었는데

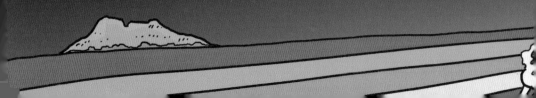

나는 지금, 아니 지금까지 나는

그렇게 깨끗했던 나를 학대하고 창피해하고 비교하고

때로는 위험하게 때로는 지나치게 관대하게 방치했지

이제 나는, 아니 이제부터 나는

이렇게도 복잡해진 나를 진짜 칭찬하고 진심으로 안아 주고

사랑해 주고 싶은데 한 번도 안 해 보고 못 해 봐서 잘될지는 모르겠어

나를 시작해 준 기특했던 나에게

원태연

넌 가끔가다 내 생각을 하지
난 가끔가다 딴 생각을 해 with 일러스트

ⓒ 원태연·강호면, 2018

초판 1쇄 발행일 2018년 3월 14일
초판 4쇄 발행일 2021년 1월 18일

글   원태연
그림   강호면
펴낸이   정은영

펴낸곳   (주)자음과모음
출판등록   2001년 11월 28일 제2001-000259호
주소   04047 서울시 마포구 양화로6길 49
전화   편집부 (02)324-2347, 경영지원부 (02)325-6047
팩스   편집부 (02)324-2348, 경영지원부 (02)2648-1311
E-mail   neofiction@jamobook.com

ISBN   978-89-544-3843-8 (04810)
         978-89-544-3842-1 (set)

이 도서의 국립중앙도서관 출판예정도서목록(CIP)은 서지정보유통지원시스템
홈페이지(http://seoji.nl.go.kr)와 국가자료공동목록시스템(http://www.nl.go.kr/kolisnet)에서
이용하실 수 있습니다.(CIP제어번호: CIP2018007069)